ESTRELLAS DE LA LITERATURA

CUENTAS Y CUENTOS

AUTORES

MARGARET A. GALLEGO
ROLANDO R. HINOJOSA-SMITH
CLARITA KOHEN
HILDA MEDRANO
JUAN S. SOLIS
ELEANOR W. THONIS

HARCOURT BRACE & COMPANY

Orlando   Atlanta   Austin   Boston   San Francisco   Chicago   Dallas   New York
Toronto   London

Acknowledgments
For permission to reprint copyrighted material, grateful acknowledgment is made to the following sources:
Ediciones Júcar: Ramiro el cuentista by Paz Rodero. Copyright © 1990 Ediciones Júcar. Published by Ediciones Júcar, Gijón, Spain.
Consejo Nacional de Fomento Educativo (CONAFE): El armadillo y el león, versión escrita de Luis de la Peña. Copyright © 1989 by Consejo Nacional de Fomento Educativo. Published by Departamento de Medios Educativos, México, D. F., México.
Consejo Nacional de Fomento Educativo (CONAFE): El canto del cenzontle, versión escrita de Luis de la Peña. Copyright © 1989 by Consejo Nacional de Fomento Educativo. Published by Departamento de Medios Educativos, México, D. F., México.
Laredo Publishing Co., Inc.: El premio by María Puncel. Copyright © 1992 by Laredo Publishing Co., Inc. Published by Laredo Publishing Co., Inc., Torrance, California.
Laredo Publishing Co., Inc.: "Tradición oral" by Clarita Kohen from *Voces de mi tierra.* Copyright © 1993 by Laredo Publishing Co., Inc. Published by Laredo Publishing Co., Inc., Torrance, California.
Editorial Piedra Santa: "La serenata de los animales" by Adrián Ramírez Flores from *Poemas escogidos para niños.* Copyright © 1987 by Editorial Piedra Santa. Published by Editorial Piedra Santa, Guatemala City, Guatemala.
Every effort has been made to locate the copyright holders for the selections in this work. The publisher would be pleased to receive information that would allow the correction of any omissions in future printings.

Photo Credits
Key: (t) = top, (b) = bottom, (c) = center, (bg) = background
(l) = left, (r) = right

10-11, Michael Portzen/Laredo Publishing
36-37, HBJ/Maria Paraskevas
42, Michael Portzen/Laredo Publishing
60, Michael Portzen/Laredo Publishing
76, HBJ/Maria Paraskevas
78-79, Michael Portzen/Laredo Publishing

Illustration Credits
Cover by José Ramón Sánchez; Armando Martínez, 4, 5; Gina Menicucci, 6-9; Ricardo Gamboa, 38, 39; Haydee Kratz, 40, 41; Lynn Forbes, 58, 59; Geoff Grahn, 76,77; Wendy Chang, 78, 79; Alex Sánchez (Glossary) 107-111.

Printed in the United States of America.

ISBN 0-15-304439-X

8 9 10 11 048 00 99 98 97

Querido amigo:

¿Sabías que hay distintas formas de contar cuentos? Al leer este libro aprenderás de algunas de las muchas tradiciones que hay. Leerás sobre unos animales que deciden salirse de los cuentos. También leerás cuentos de la tradición oral, que ha pasado de padres a hijos, a través de los años.

¡Lee mucho y diviértete!

Los autores

Í N D I C E

CUENTOS DE ANIMALES

¿Crees que los animales saben muchas cosas? ¿No te parece que aunque no nos hablan, los animales nos comunican muchas cosas con sus acciones?

¿Crees que nosostros podríamos aprender cosas de ellos?

En la lectura encontrarás las respuestas a éstas y otras preguntas.

Í N D I C E

La serenata
de los animales

El grillo Cirilo
de gran corbatín,
afina en la noche
su viejo violín.

Mientras la cigarra
con tierno derroche,
se pasa la noche
tocando guitarra.

El verde Ron-rón
con su ronroncito,
preparan juntitos
su ronco trombón.

Y en el turbio charco
el sapo elegante,
afina incesante
su fiel contrabajo.

La luna de plata
sonríe feliz,
con la serenata
que suena sin fin.

Adrián Ramírez Flores

9

ARTISTA
PREMIADA

LECTURA COMPARTIDA

Ramiro el cuentista

Paz Rodero / Vivi Escrivá (Premio Lazarillo de Ilustración Infantil)

Paz Rodero

10

11

Había una vez un cuentista, llamado Ramiro, que iba de un pueblo a otro contando cuentos a la gente.

Ramiro se inventaba historias fantásticas sobre animales. Le gustaba mucho hablar mal del cuervo y de la tortuga y del león... Decía que todos los animales eran peligrosos y que lastimaban a los niños, excepto el conejo, que era el fiel mayordomo que jamás hizo mal alguno.

Extendía un papel muy grande lleno de dibujos y contaba cuentos terribles sobre lobos malvados, dragones feroces, tortugas perezosas, cuervos carroñeros y gorilas traganiños.

Todos los personajes de los cuentos que inventaba Ramiro estaban tristes porque siempre tenían que hacer de malos.

13

Una noche se reunieron todos para hablar del asunto:

—¡Esto no hay quien lo aguante! —dijo el lobo—, jamás pegaría a un niño, yo no soy malo ...

—Igual me pasa a mí —interrumpió el gorila—, yo soy un tipo bueno, nunca haría daño a los niños.

16

Después de discutir toda la noche, acordaron dejar el trabajo y tomar unas largas vacaciones.

—Podemos ir lejos —dijo el león—, donde Ramiro no pueda encontrarnos.

—¡Eso, eso! —dijo la tortuga—, nos iremos a una isla desierta y allí estaremos a gusto. Conozco una muy bonita donde podría llevarlos.

Más tarde, todos fueron a la playa.

Allí encontraron una barca abandonada.

Entonces el dragón dijo:

—Esta barca nos llevará a la isla.

—Habrá que arreglarla un poco —dijo el conejo.

   —¡Está bien! —interrumpió el oso—. Traigan tablas de madera, ¡es muy fácil!

   —¡Bueno, bueno! —dijo el gorila—, yo no lo veo tan fácil, pero vamos a intentarlo.

   Y todos se pusieron a repararla. Cuando estuvo lista, dejaron una nota a Ramiro que decía así:

«Hemos decidido ir a una isla desierta,
estamos hartos de oírte decir
a la gente que nosotros
somos malos».

Y sin más,
emprendieron el viaje.

Cuando Ramiro leyó la nota, no le importó demasiado. Pensó que podía seguir contando sus fabulosos cuentos. Pero cuando extendió el papel lleno de dibujitos, vio que no había nadie y no supo qué decir.

Pasó el tiempo y Ramiro cada vez se sentía más solo; echaba de menos a sus amigos. Sin ellos la vida era muy aburrida y no podía inventarse cuentos. Pensaba en alguna solución para que regresaran con él, pero no se le ocurría nada.

Mientras, los animales habían llegado a la
isla y se habían instalado cómodamente.
La isla tenía muchos árboles y unas
playas inmensas.

La tortuga daba vueltas y más vueltas en el agua; el cuervo y el lobo jugaban al balón; el dragón saltaba por encima de los árboles; el león se puso unas gafas oscuras para protegerse del sol y se pasaba las horas durmiendo bajo la sombra de una palmera. Todos estaban muy contentos porque hacían lo que les daba la gana.

—¡Esto es vida! —decía el gorila subiéndose a las palmeras— ¡me gusta esta isla!

Un día Ramiro escribió una carta que decía así:

«Me siento solo. Si vuelven conmigo les prometo no volver a decir nada malo de ustedes. Me inventaré cuentos de risas y nos divertiremos mucho. Ramiro (el cuentista arrepentido)».

Luego metió la carta en una botella y la tiró al mar.

Cuando los animales recibieron la carta se pusieron muy contentos y emprendieron el viaje de vuelta.

Pero los animales tardaban mucho en regresar y Ramiro estaba cada vez más desesperado. Todas las noches iba a la playa para ver si los veía por algún lado, pero nunca veía nada. Preguntaba a todo el mundo si habían visto a los personajes de sus cuentos, pero nadie sabía nada de ellos.

Ramiro empezó a pensar que sus amigos se habían olvidado de él, que ya no le querían, y perdió la esperanza de volver a verlos.

¡Tendré que cambiar de oficio! —decía Ramiro—, ¡jamás volveré a contar cuentos!

Hasta que un día, cuando ya todo parecía un desastre, aparecieron sus amigos, todos morenitos, que regresaban con sus mochilas. Ramiro al verlos, se puso muy contento y corrió a recibirlos.

Al día siguiente, Ramiro organizó una fiesta para celebrar el regreso de sus amigos. Durante el banquete todos inventaron chistes y cuentos divertidos. Los animales estaban muy contentos porque ¡por fin! podían representar a personajes buenos.

A partir de entonces Ramiro se fue a recorrer el mundo y nunca más volvió a tener problemas con los personajes de sus cuentos, porque todos fueron felices viviendo historias alegres que siempre terminaban bien.

Cuando cuentes cuentos

Cuando cuentes cuentos,
cuenta cuántos cuentas,
porque cuando cuentas cuentos,
nunca cuentas
cuántos cuentos cuentas.

Tradicional

TODOS PODEMOS CONTAR

Algunas veces alguien nos lee un cuento o una leyenda. Otras veces, lo leemos nosotros. Pero hay ocasiones en que alguien nos cuenta un cuento sin leerlo. Hay muchas maneras de contar una historia.
¿Se te ocurre alguna otra forma de contar, además de las que ya hemos mencionado?

ÍNDICE

Tradición oral

Contar esta leyenda es un arte.
No se escribió en ninguna parte.
A mí me lo contó mi madre,
a ella se lo contó su padre,
a él se lo contó su abuelo,
y todos aprendimos oralmente
las historias y costumbres de mi gente.
¿Quieres que te las cuente?

Clarita Kohen

41

El armadillo
y el león

Para empezar a leer ◆ conafe

42

Cuentan que un día, en un valle rodeado de montañas, se encontraron un león y un armadillo.

—Buenos días, amigo —dijo el león.

—Buenos días —contestó el armadillo.

—¿Qué haces por aquí?

—Ya lo ves, amigo león, estoy comiendo.

—¿Sabes, armadillo? Traigo mucha hambre
y te ves muy sabroso. Te voy a comer.
—No me comas —contestó el armadillo—.
¡Pobre de mí! Soy muy chiquito. Ni siquiera
te vas a embarrar los dientes si me comes.

—Pues te voy a comer —insistió el león. Y
estuvieron un buen rato, el león a que sí
y el armadillo a que no.

Tanto estuvo el león insistiendo, que el armadillo dijo:
—Está bien, cómeme. Sólo te pido un favor...

—¿Cuál es ese favor? —preguntó el león.
—Que me lleves hasta arriba de aquella
montaña, ésa que se ve allá a lo lejos.

—Bueno, te llevo —aceptó el león.
El armadillo se trepó en el lomo del león y
echaron a andar.

Así anduvieron, camina y camina, hasta
que llegaron a la mitad de la montaña.
—Aquí vamos a descansar tantito —dijo el león.

—Pensándolo bien, mejor te como de una vez. De tanto caminar ya no aguanto el hambre —agregó el león.

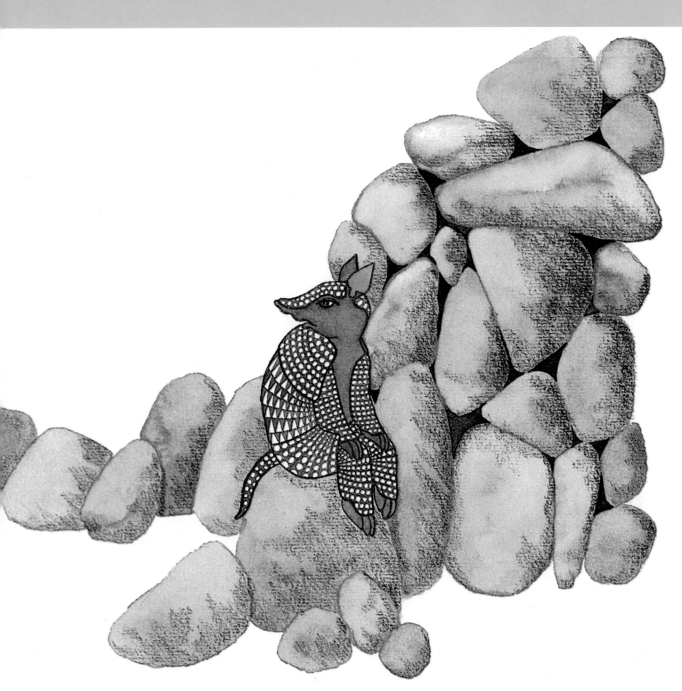

—Está bien —contestó el armadillo—. Pero primero canta una canción para que baile un poco. Cuando termines me comes.

El león aceptó y se puso a cantar. El
armadillo bailó con mucha gracia al ritmo
de la canción.

Por fin terminó de cantar el león.
—Ahora sí te voy a comer.
—Cómeme, pues.
Apenas había abierto la boca el león,
cuando el armadillo dijo:
—Mira, ¿quién viene por allá?

—¿Dónde? —preguntó el león, volteando.
El armadillo aprovechó la distracción para
meterse en su concha, y hecho bolita rodó
cuesta abajo hasta su cueva.

El león corrió tras el armadillo. Cuando llegó a la boca de la cueva no supo qué hacer. Por más que metía la mano en el hoyo no agarraba nada. Ese día, el león se quedó sin comer.

¿Qué te parece?

1. ¿Qué quería el león con el armadillo? ¿Por qué?

2. ¿Cómo logró el armadillo protegerse del león?

3. ¿Por qué se quedó el león sin comer?

Escribe en tu diario

¿Crees que el armadillo demostró ser listo?

Dibuja un armadillo y escribe un párrafo con tu respuesta.

Coplas y pájaros

En medio del árbol canta
el pájaro cuando llueve,
y canta con la garganta
cuando el corazón le duele;
también de dolor se canta
cuando llorar no se puede.

Al pájaro que se fue
yo fui quien le dio el destino;
le abrí la puerta a la jaula
y lo puse en el camino.

Pajarillo, pajarillo
pajarillo bandolero,
con ese cantar que tienes
te pareces al jilguero.

En la cumbre de un cardón
cantaban tres animales.
Uno parecía gorrión
y los otros cardenales;
¡ay!, qué parecidos son,
pero nunca son iguales.

58

Volaron las amarillas
calandrias de los nopales;
Ahora cantarán alegres
los pájaros cardenales.

Andaba la chachalaca
por las orillas del monte,
andaba de enamorada
con el pájaro cenzontle.

Las coplas también son parte de la tradición oral.
¿Cuáles conoces tú?

59

El canto
del cenzontle

Para empezar a leer ◆ conafe

Cuando todo el mundo era nuevo, el Gran Señor del Monte llamó a todos los pájaros.

Daba gusto ver a tanto animal bonito,
con plumas de vivos colores, volando aquí
y allá.

Aunque no todos los pájaros eran
bonitos.

Por ahí andaban la urraca y el cuervo,
muy serios los dos con sus trajes negros.
También se veían la cabeza pelada y el
cuello flaco del zopilote.

El Gran Señor del Monte, cuando vio tantos y tantos pájaros, pidió que todos se formaran en una fila.

Todos los pájaros obedecieron de
inmediato.
—Los he llamado —dijo el Gran Señor del
Monte— porque voy a decirles cómo van a
cantar.

El primero en pasar fue el canario.
—Tú vas a cantar muy entonado —le dijo el
Gran Señor del Monte.

De inmediato el canario empezó a cantar
y se fue muy contento. Después pasó el
gorrión. Luego la golondrina y el jilguero.
Así siguieron pasando uno por uno.

Pero resulta que el cenzontle, que era muy
distraído, se había olvidado de que tenía
que ir con el Gran Señor del Monte.
Andaba por ahí, entre los árboles, buscando
qué comer.

Después de mucho rato, se dio cuenta de
que no había visto a ningún otro pájaro en
todo el día.

—¿Dónde estarán todos? —se preguntó.
Entonces, recordó que el Gran Señor del
Monte los había llamado, y se fue a toda
prisa al lugar de la reunión.

En el camino se cruzó con los otros pájaros
que ya venían de regreso.
Y todos los que encontraba ya venían
presumiendo su voz.

Era muy tarde cuando llegó al lugar
donde estaba el Gran Señor del Monte. Es
más, el Señor ya se iba de ahí.
—¡Señor, Señor! ¡No te vayas! ¿Y yo cómo
voy a cantar? —gritó el cenzontle.

El Señor del Monte volteó muy sorprendido
y, como no se le ocurrió nada más, contestó:
—¿Tú? Pues tú vas a cantar como todos.
Por eso el cenzontle arremeda a los demás
pájaros y también imita todos los sonidos
que oye.

¿Qué te parece?

1. ¿Por qué llamó el Señor del Monte a todos los pájaros?

2. ¿Qué le pasó al cenzontle que no llegó a la reunión de los pájaros?

3. ¿Por qué el cenzontle imita el sonido de los demás pájaros?

Escribe en tu diario

Escribe un párrafo sobre un pájaro que conoces que es tu favorito.

Luisa se pasa la vida inventando cosas.

Su hermano Fernando aprovecha el tiempo libre

para dibujar. Le gusta mucho y le sale muy bien.

Un día llegó a la escuela una carta de la
Municipalidad. Iban a organizar un concurso de
dibujo. Casi todos decidimos presentarnos.

A todos nos pareció que el dibujo de Fernando era
el mejor. Nuestra maestra se encargó de ponerlo en
un sobre grande y mandarlo a la Municipalidad.

Después de mucho tiempo llegó una carta cuando estábamos en el
recreo. ¡Fernando había ganado el primer premio!

Le dieron un montón de libros
y veinte entradas para visitar el parque zoológico.
Todos aplaudimos muchísimo y él nos invitó
a todos los amigos del barrio a ir al zoo el sábado siguiente.

Hubiéramos preferido ir el domingo, pero eso no podía ser
porque Luisa y Fernando salen todos los domingos con su padre
que no vive con ellos. Los padres de Luisa y Fernando están
separados.

El sábado por la mañana
nos reunimos con nuestra maestra
en la parada del autobús.

Tuvimos que esperar mucho
porque Fernando había tenido que
ir al hospital, como cada sábado,
para los ejercicios de recuperación
de su pierna.

Cuando subimos al autobús casi lo llenamos.
¡Éramos muchos! No había asientos para todos
y los mayores tuvieron que ir de pie.

Después de bajarnos del autobús viajamos mucho rato en el tren.
¡El zoo está lejísimos!

El tren nos llevó justo hasta la entrada del parque zoológico.

Había mucha gente esperando en una cola para entrar.

Como nosotros ya teníamos entradas, no tuvimos que hacer cola.

91

En seguida empezamos a recorrer el parque.
Algunos animales nos parecieron muy bonitos.

Los leones estaban muy furiosos
y daba un poco de miedo mirarlos.

Los hipopótamos no nos hicieron ni caso.
Estaban todo el tiempo dentro del agua
y uno bostezaba como si tuviera mucho sueño.
A lo mejor sólo estaba aburrido.

Los monos eran muy graciosos.

Estaban subidos en lo alto de un árbol

y nos miraban haciendo gestos con la nariz.

Nos subimos en un tren pequeñito que recorre todo el parque
y pasa por delante de muchos animales.

96

Luego montamos en unos caballos enanos que se llaman ponies.

Son muy mansitos y da mucho gusto pasear sobre ellos.

Pero algunos no se atrevieron a montarlos.

Después comimos pasteles y bebimos limonada. Nos pusimos a
mirar a los cisnes del estanque. Los cisnes pequeñitos no se
parecen nada a sus padres.

Preguntamos a un guardián
y nos explicó que los dibujos de nuestra escuela estaban en un
edificio que se llama «Pabellón de Exposiciones». Tuvimos que cruzar el
parque para ir a visitarlo.

Había muchísimos dibujos y todos bastante bonitos.

A Makoto le gustó el del camello.

Yo vi en seguida dónde estaban los trabajos que habían ganado premio.

El dibujo de Fernando estaba en el mejor sitio
y al lado había una tarjeta en la que estaba su nombre
y también el nombre de nuestra escuela.

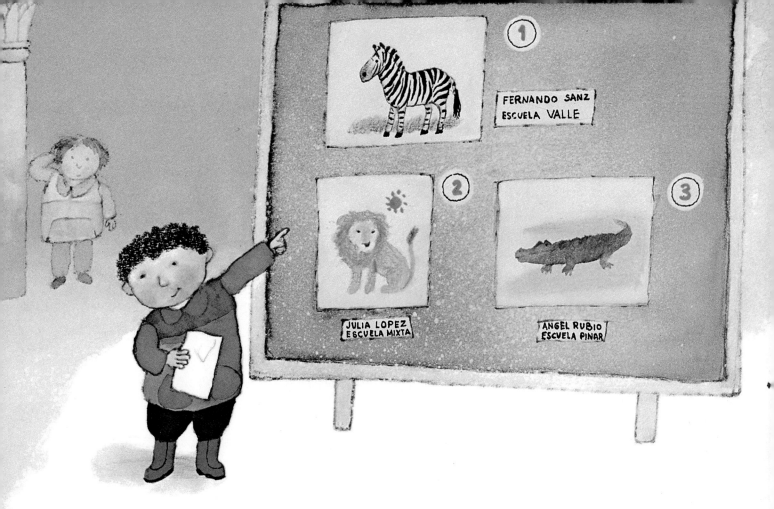

Fernando estaba muy contento y su madre más todavía. Luisa daba saltos de alegría y se reía sin parar.

A nosotros también nos da mucha
alegría que Fernando haya ganado el primer premio.
¡Tenemos un amigo muy importante!

¿Qué te parece?

1. ¿Por qué este cuento se llama El premio?

2. ¿Cómo demostró Fernando ser un buen amigo? ¿Cómo lo sabes?

3. ¿Qué lugares visitaron Fernando y sus amigos?

Escribe en tu diario

Escribe y dibuja lo que harías con tus amigos, si ganaras un premio.

GLOSARIO

acordaron   Se pusieron de acuerdo, determinaron: Ellos **acordaron** llegar
                   juntos a la fiesta.

anduvieron   Fueron de un lugar a otro: Ellos **anduvieron** por todas partes,
                   buscando flores frescas.

aplaudimos   Palmoteamos; golpeamos la palma de una mano con la otra:
                   Aplaudimos mucho al final de la película.

aprovechó   Sacó utilidad: El niño **aprovechó** que no llovía y fue
                   al parque a jugar.

armadillo   Mamífero que no tiene dientes: El **armadillo** tiene el cuerpo
                   cubierto por una concha.

arremeda   Imita una cosa: Juanito **arremeda** la voz de su amigo.

aplaudimos

B

bandolero   Bandido, ladrón: La policía metió al **bandolero** en la cárcel.

barca   Barco, nave: La **barca** del pescador está en alta mar.

bostezaba   Tomaba aire por la boca profundamente: El niño **bostezaba**
                   cuando se sentía cansado.

bostezaba

canario	Pajarito de color amarillo y canto dulce: El **canario** se escapó de su jaula.
cardón	Planta de México y Perú: El **cardón** es una planta que crece en el desierto.
carroñeros	Que comen animales muertos: Los buitres son pájaros **carroñeros**.
cenzontle	El cenzontle es una clase de pájaro: Por la tarde vi volar al **cenzontle**.
concha	Parte dura que cubre el cuerpo de algunos animales: La **concha** del carey es muy valiosa.
concurso	Competencia para escoger el mejor: El ganador del **concurso** de pinturas viajará a México.
contrabajo	Instrumento de cuerdas: El joven toca el **contrabajo** en la orquesta.

contrabajo

coplas	Poemas o canciones cortas: Los niños cantan unas **coplas** en sus juegos.
corbatín	Pequeña corbata: Él vestía un traje con **corbatín**.
costumbres	Prácticas, hábitos: Cada país tiene sus **costumbres** propias.
cuentista	Uno que cuenta historias: Mi papá es **cuentista**.
cuervo	Pájaro con plumas negras: El **cuervo** luce como una mancha en la nieve.

chachalaca Un pájaro algo grande: La **chachalaca** se parece a la gallina.

charco Agua detenida en un hoyo del suelo: Después de la lluvia quedó un gran **charco**.

charco

daño Lastimadura o mal que sufre una persona o cosa: Mi bicicleta sufrió un **daño** irreparable.

derroche El malgastar algo sin necesidad: El **derroche** del agua no es bueno.

descansar Reposar: A la tarde quiero **descansar**.

desesperado Lleno de angustia y apuro: El doctor estaba **desesperado** por llegar al hospital.

diente Lo que se usa para masticar: El dentista me sacó un **diente** grande y blanco.

dragón Monstruo: El **dragón** me asustó.

echaba de menos Extrañaba: El hijo tenía a sus padres lejos; por eso los **echaba de menos**.

entonado Afinado, armonioso; ajustado al tono de una melodía: La cantante ha **entonado** la canción de acuerdo con la música.

emprendieron   Comenzaron: Ellos **emprendieron** un nuevo trabajo.

exposiciones   Exhibiciones de cosas para competir: Las **exposiciones**

de arte son durante el mes de mayo.

exposiciones

gafas   Anteojos: Ellos se ponen las **gafas** para ver mejor.

gestos   Expresiones del rostro: El payaso hace muchos **gestos**

con su cara para hacer reír a los niños.

golondrina   Pájaro: La **golondrina** vuela contenta.

gorila   Mono grande: Vimos un **gorila** en el parque zoológico.

gorrión   Pájaro pequeño de pico fuerte y de color pardo:

El **gorrión** abunda en España.

gafas

hambre   Deseos de comer: Tenía mucha **hambre** a la hora

del almuerzo.

imita   Hace exactamente lo que hace otra persona o animal: El

mono **imita** a su entrenador.

instalado   Colocado, puesto: Ellos han **instalado** un nuevo teléfono.

inventando   Creando algo original: Ellos están **inventando** un

nuevo juego.

jilguero   Pájaro: El **jilguero** es fácil de domesticar.

jilguero

lobo   Animal feroz: El **lobo** vive en el bosque.

mansitos   No salvajes: Las mascotas son animales **mansitos**.

mochilas   Bolsas fuertes: Los niños se colocan sus **mochilas** en la espalda.

montaña   Lugar alto en la tierra: Es difícil subir la **montaña**.

morenitos   De color oscuro: Ellos regresaron **morenitos** de tomar tanto sol.

mochilas

municipalidad   Ayuntamiento, gobierno de una ciudad o pueblo: El alcalde trabaja en la **Municipalidad**.

olvidado   Que no recuerda: El maestro ha **olvidado** la lección.

pabellón   Lugar de exposiciones: En el **pabellón** de México, había cuadros interesantes.

personajes   Seres ideados por un escritor: Los **personajes** de la película eran muy graciosos.

ponies   Caballitos: Los **ponies** son caballos de tamaño muy pequeño.

premio   Lo que se da al ganador de un concurso: El **premio** que recibirá el ganador será un libro de cuentos.

presumiendo Dándose más importancia de la que se merece: La joven va **presumiendo** que se lo sabe todo.

profesora   Persona que enseña una lección: La **profesora** de música canta muy bonito.

ponies

recuperación Acción de volver a tener algo que se perdió: La **recuperación** de su salud fue rápida.

tantos   Cantidad: Eran **tantos** los conejos, que acabaron con la hierba.

turbio   Sucio: En el lago **turbio** no se podía nadar.

urraca   Pájaro: La **urraca** es un pájaro que imita palabras.

valle   Lugar plano rodeado de montañas: Al **valle** bajamos a caballo.

zopilote

zopilote   Pájaro: El **zopilote** está en su nido.